初出：「赤い鳥」1922年7月
初出時タイトル：月夜と眼鏡

小川未明

明治15年（1882年）新潟県生まれ。「日本のアンデルセン」と呼ばれる。早稲田大学英文科在学中に坪内逍遙やラフカディオ・ハーンの指導を受け、小説や童話を書く。1961年死去。代表作に「赤い蝋燭と人魚」、「野ばら」などがある。

絵・げみ

平成元年（1989年）兵庫県三田市出身。京都造形芸術大学美術工芸学科日本画コース卒業後、イラストレーターとして作家活動を開始。著書に『蜜柑』（芥川龍之介＋げみ）、『檸檬』（梶井基次郎＋げみ）、『トロイメライ』『春の旅人』（どちらも村山早紀＋げみ）、『げみ作品集』がある。

町も、野も、いたるところ、
緑《みどり》の葉につつまれているころでありました。

おだやかな、月のいい晩《ばん》のことであります。静かな町のはずれにおばあさんは住んでいましたが、おばあさんは、ただ一人、窓《まど》の下にすわって、針仕事をしていました。

ランプの灯《ひ》が、あたりを平和に照らしていました。おばあさんは、もういい年でありましたから、目がかすんで、針のめどによく糸が通らないので、ランプの灯に、いくたびも、すかしてながめたり、また、しわのよった指さきで、細い糸をよったりしていました。

月の光は、うす青く、この世界を照らしていました。なまあたたかな水の中に、木立《こだち》も、家も、丘《おか》も、みんな浸《ひた》されたようでありました。おばあさんは、こうして仕事をしながら、自分の若い時分のことや、また、遠方の親戚《しんせき》のことや、離《はな》れて暮らしている孫《まご》娘《むすめ》のことなどを、空想していたのであります。

目ざまし時計の音が、カタ、コト、カタ、コトとたなの上で刻んでいる音がするばかりで、あたりはしんと静まっていました。ときどき町の人通りのたくさんな、にぎやかな巷《ちまた》の方から、なにか物売りの声や、また、汽車のゆく音のような、かすかなとどろきが聞こえてくるばかりであります。

おばあさんは、いま自分はどこにどうしているのかすら、思い出せないように、ぼんやりとして、夢を見るような穏《おだ》やかな気持ちですわっていました。

このとき、外の戸をコト、コトたたく音がしました。おばあさんは、だいぶ遠くなった耳を、その音のする方にかたむけました。いま時分、だれもたずねてくるはずがないからです。きっとこれは、風の音だろうと思いました。風は、こうして、あてもなく野原や、町を通るのであります。

すると、今度、すぐ窓の下に、小さな足音がしました。おばあさんは、いつもに似ず、それを聞きつけました。

「おばあさん、おばあさん」と、だれか呼ぶのであります。

おばあさんは、最初は、自分の耳のせいでないかと思いました。そして、手を動かすのをやめていました。

「おばあさん、窓《まど》を開けてください」と、また、だれかいいました。

おばあさんは、だれが、そういうのだろうと思って、立って、窓の戸を開けました。外は、青白い月の光が、あたりを昼間のように、明るく照らしているのであります。

窓の下には、背《せ》のあまり高くない男が立って、上を向いていました。男は、黒いめがねをかけて、ひげがありました。

「私は、おまえさんを知らないが、だれですか？」と、おばあさんはいいました。

おばあさんは、見知らない男の顔を見て、この人はどこか家をまちがえてたずねてきたのではないかと思いました。

「私は、めがね売りです。いろいろなめがねをたくさん持っています。この町へは、はじめてですが、じつに気持ちのいいきれいな町です。今夜は月がいいから、こうして売って歩くのです」と、その男はいいました。

おばあさんは、目がかすんでよく針のめどに、糸が通らないで困っていたやさきでありましたから、

「私の目に合うような、よく見えるめがねはありますかい」と、おばあさんはたずねました。

男は手にぶらさげていた箱のふたを開きました。そして、その中から、おばあさんに向くようなめがねをよっていましたが、やがて、一つのべっこうぶちの大きなめがねを取り出して、これを窓から顔を出したおばあさんの手に渡《わた》しました。

「これなら、なんでもよく見えること請《う》け合いです」と、男はいいました。

窓の下の男が立っている足もとの地面には、白や、紅《あか》や、青や、いろいろの草花《くさばな》が、月の光を受けてくろずんで咲いて、香《にお》っていました。

おばあさんは、このめがねをかけてみました。そして、あちらの目ざまし時計の数字や、暦《こよみ》の字などを読んでみましたが、一字、一字がはっきりとわかるのでした。それは、ちょうど、幾《いく》十年前の娘の時分には、おそらく、こんなになんでも、はっきりと目に映ったのであろうと、おばあさんに思われたほどです。

おばあさんは、大喜びでありました。

「あ、これをおくれ」といって、さっそく、おばあさんは、このめがねを買いました。

おばあさんが、銭《ぜに》を渡すと、黒いめがねをかけた、ひげのあるめがね売りの男は、立ち去ってしまいました。男の姿が見えなくなったときには、草花だけが、やはりもとのように、夜の空気の中に香っていました。

10th
17th
24th

おばあさんは、窓を閉めて、また、もとのところにすわりました。こんどは楽々と針のめどに糸を通すことができました。おばあさんは、めがねをかけたり、はずしたりしました。ちょうど子供のように珍《めずら》しくて、いろいろにしてみたかったのと、もう一つは、ふだんかけつけないのに、急にめがねをかけて、ようすが変わったからでありました。

おばあさんは、かけていためがねを、またはずしました。それをたなの上の目ざまし時計のそばにのせて、もう時刻《じこく》もだいぶ遅《おそ》いから休もうと、仕事を片づけにかかりました。

このとき、また外の戸をトン、トンとたたくものがありました。

おばあさんは、耳を傾《かたむ》けました。

「なんという不思議な晩だろう。また、だれかきたようだ。もう、こんなにおそいのに……」と、おばあさんはいって、時計を見ますと、外は月の光に明るいけれど、時刻はもうだいぶ更《ふ》けていました。

おばあさんは立ち上がって、入《い》り口《くち》の方にゆきました。小さな手でたたくと見えて、トン、トンというかわいらしい音がしていたのであります。

「こんなにおそくなってから……」と、おばあさんは口のうちでいいながら戸を開けてみました。するとそこには、十二、三の美しい女の子が目をうるませて立っていました。

「どこの子か知らないが、どうしてこんなにおそくたずねてきました？」と、おばあさんは、いぶかしがりながら問いました。

「私は、町の香水《こうすい》製造場《せいぞうじょう》に雇《やと》われています。毎日、毎日、白ばらの花から取った香水をびんに詰《つ》めています。そして、夜、おそく家《うち》に帰ります。今夜も働《はたら》いて、独りぶらぶら月がいいので歩いてきますと、石につまずいて、指をこんなに傷つけてしまいました。私は、痛くて、痛くて我慢《がまん》ができないのです。血が出てとまりません。もう、どの家《うち》もみんな眠《ねむ》ってしまいました。この家《うち》の前を通ると、まだおばあさんが起きておいでなさいます。

私は、おばあさんがごしんせつな、やさしい、いい方だということを知っています。それでつい、戸をたたく気になったのであります」と、髪《かみ》の毛の長い、美しい少女はいいました。

おばあさんは、いい香水の匂《にお》いが、少女の体にしみていると見えて、こうして話している間に、ぷんぷんと鼻にくるのを感じました。

「そんなら、おまえは、私を知っているのですか」と、おばあさんはたずねました。

「私は、この家《うち》の前をこれまでたびたび通って、おばあさんが、窓の下で針仕事をなさっているのを見て知っています」と、少女は答えました。

「まあ、それはいい子だ。どれ、その怪我《けが》をした指を、私にお見せなさい。なにか薬《くすり》をつけてあげよう」と、おばあさんはいいました。そして、少女をランプの近くまで連れてきました。少女は、かわいらしい指を出して見せました。すると、真っ白な指から赤い血が流れていました。

「あ、かわいそうに、石ですりむいて切ったのだろう」と、おばあさんは、口のうちでいいましたが、目がかすんで、どこから血が出るのかよくわかりませんでした。

「さっきのめがねはどこへいった」と、おばあさんは、たなの上を探しました。めがねは、目ざまし時計のそばにあったので、さっそく、それをかけて、よく少女の傷口を、見てやろうと思いました。

おばあさんは、めがねをかけて、この美しい、たびたび自分の
家《いえ》の前を通ったという娘の顔を、よく見ようとしました。すると、
おばあさんはたまげてしまいました。

それは、娘ではなくて、きれいな一つのこちょうでありました。おばあさんは、こんな穏やかな月夜の晩には、よくこちょうが人間に化けて、夜おそくまで起きている家を、たずねることがあるものだという話を思い出しました。そのこちょうは足を傷《いた》めていたのです。

「いい子だから、こちらへおいで」と、おばあさんはやさしくいいました。そして、おばあさんは先に立って、戸口から出て裏の花《はな》園《ぞの》の方へとまわりました。少女は黙《だま》って、おばあさんの後についてゆきました。

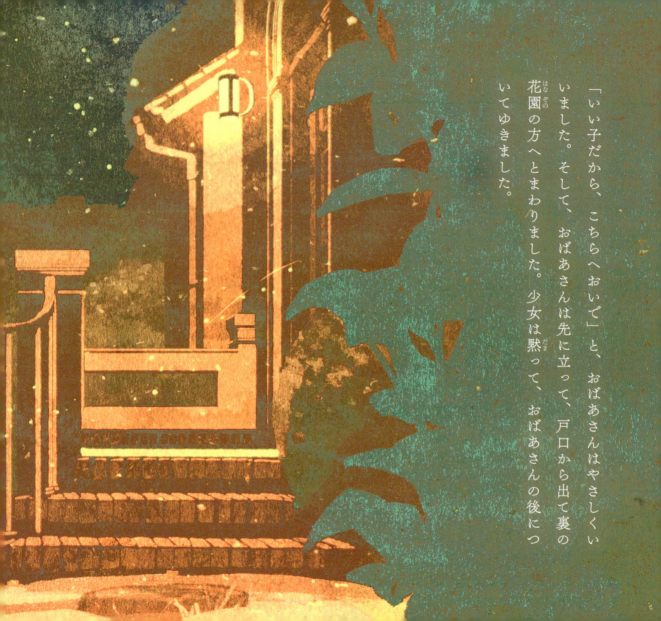

花園には、いろいろの花が、いまを盛《さか》りと咲いていました。昼間は、そこに、ちょうや、みつばちが集まっていて、にぎやかでありましたけれど、いまは、葉蔭《はかげ》で楽しい夢を見ながら休んでいると見えて、まったく静かでした。ただ水のように月の青白い光が流れていました。あちらの垣根《かきね》には、白い野ばらの花が、こんもりと固まって、雪のように咲いています。

「娘はどこへいった？」と、おばあさんは、ふいに立ち止まって振《ふ》り向きました。後からついてきた少女は、いつのまにか、どこへ姿を消したものか、足音もなく見えなくなってしまいました。

「みんなお休み、どれ私も寝よう」と、おばあさんはいって、家の中へ入ってゆきました。

ほんとうに、いい月夜でした。

※本書には、現在の観点から見ると差別用語と取られかねない表現が含まれていますが、原文の歴史性を考慮してそのままとしました。

乙女の本棚シリーズ

［左上から］

『女生徒』太宰治 + 今井キラ／『猫町』萩原朔太郎 + しきみ
『葉桜と魔笛』太宰治 + 紗久楽さわ／『檸檬』梶井基次郎 + げみ
『押絵と旅する男』江戸川乱歩 + しきみ／『瓶詰地獄』夢野久作 + ホノジロトヲジ
『蜜柑』芥川龍之介 + げみ／『夢十夜』夏目漱石 + しきみ／
『外科室』泉鏡花 + ホノジロトヲジ／『赤とんぼ』新美南吉 + ねこ助
『月夜とめがね』小川未明 + げみ／『夜長姫と耳男』坂口安吾 + 夜汽車
『桜の森の満開の下』坂口安吾 + しきみ／『死後の恋』夢野久作 + ホノジロトヲジ
『山月記』中島敦 + ねこ助／『秘密』谷崎潤一郎 + マツオヒロミ
『魔術師』谷崎潤一郎 + しきみ／『人間椅子』江戸川乱歩 + ホノジロトヲジ
『春は馬車に乗って』横光利一 + いとうあつき／『魚服記』太宰治 + ねこ助
『刺青』谷崎潤一郎 + 夜汽車／『詩集『抒情小曲集』より』室生犀星 + げみ
『Kの昇天』梶井基次郎 + しらこ／『詩集『青猫』より』萩原朔太郎 + しきみ
『春の心臓』イェイツ（芥川龍之介訳）+ ホノジロトヲジ
『鼠』堀辰雄 + ねこ助／『詩集『山羊の歌』より』中原中也 + まくらくらま
『人でなしの恋』江戸川乱歩 + 夜汽車

全て定価：1980円（本体1800円+税10%）

『悪魔　乙女の本棚作品集』
しきみ

定価：2420円（本体2200円+税10%）